KB266784

그대 동백

이수미
세 번째
시집

그대 동백

박꽃 같은 너에게 스며들어 한평생 살다 보니
내 앞에 펼쳐진 우주는 늘 눈이 부셨지

바른북스

목
차

시인의 말

제1부 동행

제3부 그때 나는

제4부 그 사람

시인의 말

내가 시인이 된 것은 어릴 적부터 독서를 좋아하고 사람들과 이야기하는 것을 즐겼기 때문이다.

시는 짧고 군살이 없어서 좋다. 그럼에도 시는 한 편 한 편이 영화요, 한 사람의 인생 이야기여서 짧지만 결코 가볍지 않다.

나는 어느 한순간을 노래했을 뿐이지만, 누군가는 내가 노래한 순간 속에서 영원으로 열리는 틈을 발견할 수 있을지도 모른다.

그런 높고 깊은 눈을 가진 독자라면 내 시의 흠을 찾고서도 나무라지 않고 너그러운 마음으로 눈감아 주리라 믿는다.

제1부

동행

그 모든 게 좋았다

텅 빈 공원에
누군가 만들어 놓은 눈사람이
우리들의 손목을 끌어당겼다
소복이 피어나는 눈꽃 사이로
나처럼 코가 빨개진 산수유 열매

볼을 스치던 찬바람
수증기가 피어오르는 속눈썹에
달랑달랑 맺힌 이슬
포슬포슬 흩어지던
차가운 눈의 감촉도 좋았다

아무도 걷지 않은 숫눈 위에
우리 두 사람 발자국을 찍었다
돌아보니
발자국이 포개져 있기도 했다

네가 내 삶에

오래오래 기억으로 남을 만큼

그 순간 모든 게 좋았다

인생의 여백

강변 가득 퍼지는 물안개
붓도 물감도 없이 그려낸
산수화 풍경 속 여백

삶의 물결에 휩쓸려
마음 하나 못 비우고
근심, 걱정을 이고 살아온
내 그림은 어떤 모습일까

아직 미완성이고
서툴고 부족하기만 한
남은 인생의 여백이 두렵기도 하지만

최선을 다해 그려보리라
그 여백 사이로
춤을 추듯 피어오르리라

박꽃을 닮은 딸에게

하얀 박꽃이 오각형 몸을 하늘로 열던 날
네가 태어났지

이른 아침 초가지붕에 함초롬히 피어난 꽃봉오리처럼
조그만 입으로 오물오물 젖을 먹는 네 모습이 신기해서
난 한시도 눈을 뗄 수 없었지
온 우주가 내 앞에 펼쳐진 순간이었지

어둠 속에서 흰빛을 내뿜는 꽃
소박하면서도 의연한 기품을 지녀
절로 바라보게 되는 꽃

박꽃 같은 너에게 스며들어 한평생 살다 보니
내 앞에 펼쳐진 우주는 늘 눈이 부셨지

꽃무릇 속눈썹

붉은 마스카라 한껏 올린
농염한 여인네의 오묘한 속눈썹

우주가
열렸다
닫히는 사이

촉촉이 젖은 그 깊은 우물에
그만
갇혀 버리고 말았습니다

동행

내가 살아낸 별일 아닌 것 같은
소소하고 작은 삶의 흔적들,
그냥 묻어버리기에는 뭔가 아쉬워서
몇 자 끄적이며 시로 담아보았더니

암에 걸린 어떤 사내가 임종 전까지
내 시집을 늘 머리맡에 두고 읽더니
자신의 관 속에 함께 넣어달라고 했다 한다

내 이야기 한 토막이
내가 모르는 누군가에게 조금이나마 위로가 되어서
저세상 가는 길에도 함께 동행했다는 것,

생각만 해도 소름 돋는 일이어서
오늘도 원고지 앞에 멍하니 앉아 생각한다

두물머리에 갔었네

구름이 미쳤네
끊임없이 변하면서 흐르는
저 구름 때문에
내가 오늘 게걸음을 걷고 있네

저 멀리 보이는 수종사 처마 끝
참선하느라 뼈만 남은 물고기에게
애잔한 눈빛 보내는 살찐 잉어 떼

두 물이 만나
한 물이 되어 섞이는
하늘과 산과 강이 맞닿은 이곳

내 인생 어디쯤 흘러가고 있을
백련꽃보다 징그러운
눈물보다 더 진한 노을이 흐르고 있었네!

시(時)와 시(詩)

늘 사소한 일에 집착하고
무언가 어설프고 모자라서

수시로 갈팡질팡
자괴감이 들어 도리도리

이 길은 내 길이 아닌 것 같다고
이 년 넘게 절필하고

애써 무심한 척 돌아선 뒤
평화가 찾아올 줄 알았는데

스테이크 배부르게 먹고
목에 가시가 걸린 듯

내 마음 흐트러뜨리는
시(詩), 너 뭐야?

춤을 추며

춤은
나를 추켜세우고
움트게 하는 것

슬픈 몸,
외로운 몸,
주름진 몸,
삶의 굽이굽이 품고 있는
몸의 언어들

춤을 추는 동안만큼은
몸의 통증도 달아나고
살랑살랑 리듬에 맞추다 보니
잃어버린 감각도 되살아난다

어제는 예뻤지만
하루하루 늙어가며 춤을 추는 오늘은
아름다울 수 있기를

자유롭고
진정한 나를 찾아
아름답게 살아내기를

삶이 고맙다

한때는 신과 세상이
나만 못살게 굴고 불공평하다고
원망도 많이 하였지만

눈 깜빡하면 한 달이 가고
눈 깜빡하면 한 살 한 살 더 먹게 되니
모든 것이 고맙다

순간순간이 소중하고
좋아하는 것을 나 스스로 할 수 있다는 것이
또 얼마나 고마운 일인지

인생이라는 과수원에
실하고 아름다운 행복의 열매가
주렁주렁 열려 있기에

나의 이야기를 귀담아들어 주는 사람들과

죽을 때까지

흠뻑 사랑하며 살고 싶다

봄 같은 사람

지리산 품속에서
야생처럼 살아가는 당신

찻물 부어놓고
우러나길 기다리면
연둣빛 어린잎으로 살아나는
녹차 잎새처럼
온 우주를 얻은 듯 평온한 눈동자
가만히 들여다보고 있노라면
맑은 시가 되어 읽히는
봄같이 따뜻한 사람

바람처럼 스쳐 간 많은 사람 중에
당신이 있어 얼마나 다행인지요
이 세상
어디에 있든
잘 계신다는 소식만으로도
나는 또 얼마나 행복한지요

꽃 같던 울 어매

햇볕이 들지 않는 뒤안 응달에 핀
이름 모를 작은 풀꽃과 눈 맞춤을 하다 보니
꽃 같던 울 어매 생각나네
장독 주변에 핀
닭 벼슬처럼 꼿꼿한 선홍색 맨드라미를
유독 사랑하시던 울 어매
"다시 태어나면 꽃과 어울려 살고 싶응게로
세상천지 훨훨 날아다니는 나비로 태어날란다잉"

세상 꽃들이
너도 피고 나도 피어
어우러진 계절
저세상 건너가신 울 어매는
꽃이 되었을까
나비가 되었을까

아하, 너로구나 수국이

공작새가 꼬리를 힘껏 펼치고

아름다운 무늬로 암컷을 유혹하듯

수국은 눈에 띄지 않는 왜소한 몸을

한껏 부풀려 몽실몽실한 얼굴을 만든 뒤

벌과 나비를 부르기 시작한다

벌 한 마리 날아와 수국의 자태를 보고

슬그머니 내려와 앉고

나비 한 마리 날아와

수국의 화려한 치장에 놀라 날개를 접는다

수국을 보니 네가 생각난다.

섭섭한 이별

두툼한 큰 손으로
내 손을 끌어 꼭 감싸 쥐던
따뜻한 느낌이 참 좋았지요

벼락 치듯 이루어진 그 짧은 마주침
폭풍처럼 휘몰아치던
단 한 번의 황홀한 축복

영 원하자던 당신이
몹시도 좋아서
주름진 손 맞잡고 늙어가고 싶은 욕심이 생겼지요

언젠가는 헤어질 줄
모르는 것도 아니었지만
그렇게 일찍 허무하게 떠나버리다니

내 마음을 준 게 잘못이고

당신이 원망스럽고

세상은 또 섭섭하기만 하고

홍콩발 여객기

아! 이눔의 지지배는 젊었을 적보다
주름살이 늘어갈수록 섹시햐
뽈따구도 귀엽고
느닷없이 들이대는 호빵만 한 작은 궁뎅이
오물오물 밥 먹는 작은 입술은 또 어떻고
나 미쳐불겄네 진짜

오늘 밤 해외여행 한번 가볼텨?

당신만 올라탈 수 있는 논스톱 직항로
홍콩발 여객기 탑승 대기 중

제2부

그대 목소리에

기억의 공간

사랑을 잃어버리면
기억은
놓친 사랑의 실체를 알려준다

놓지 말아야 할 인연
그것이
참사랑이었다는 것을

기억을 잃었어도
사랑은
늘 그 자리에 있었기에

오늘 그 희미한

인연 한 자락을 떠올리며

아련함으로

잃어버린 사랑을 다시 찾는다

〈영화, 「노트북」에서〉

나비와 해당화

해당화가
노랑나비를 불렀는지
노랑나비가 해당화에
먼저 손 내밀었는지
서로의 몸에 체취 묻혀가며
아슬아슬 절정을 향해 치닫는
흐느적이는 몸짓에
내 마음도 노랗게 물들어
함빡 젖어들고 말았소
저들처럼
당신도 내게 사뿐히 내려앉아
은은한 향기 함께 맡으면 좋겠소
운명처럼 아니면 우연처럼
한 번은 만나야 할 우리
이 마음 알기나 하오

야속한 봄처럼
무정한 사람아

산타클로스 k

비구름 뒤
한 줄기 햇살처럼
당신은 메말라 죽어가던 영혼에
숨을 불어넣어
생명의 꽃을 피워주었습니다

나를 먼저 챙겨주면서
딸이 아니라 사람으로
인간으로 키워주셔서
고맙다고 말하는 당신

위태로운 동아줄 같았던 내 삶에
반짝반짝 빛이 되어준 당신은
달달하고 아린
나의 산타클로스입니다

그런 당신

두 눈에서 사라질까 봐

오늘도 홀로

눈 지그시 감고 떠올려 봅니다

사랑합니다

고맙습니다

아름다운 대화

병원 진료 대기실 앞에서 초로의 아들이
홍조 띤 볼에 아기처럼 해맑게 웃으시는
휠체어 탄 노모를 귀여운 듯 바라보며 묻는다

엄마, 나이가 몇 살?
팔십육
내가 누구야
아들
집에서는 무슨 공부 해요
영어 산수, 난 영어가 더 재밌어
영어는 배워서 뭐 하려구요
미국 가려고
미국에 누가 사는데요
몰라
작은아들 정우는 어디 살아요
아참, 정우가 미국에 살지

점점 기억을 잃어가는 노모와

다정하게 눈을 맞추며 묻고 또 묻는

아들을 보다가 눈시울을 닦는다

사랑이라는 것

당신과 마주치지 않았더라면
그 순간의 찰나에
당신이 내 심장을 관통하지 않았더라면
내 청춘의 페이지는 어떻게 됐을까요

어느 가수의 노랫말대로
우리 사랑 비록 눈물이 씨앗이 되었다지만
나 후회하지 않을 거예요

그 순간 안간힘을 다해 사랑했으니
페이지를 넘기다 보면
더러 행복한 추억도 담겨 있으니

당신 인생에
그래도 내가 한 줄 정도는 적혀 있겠지요
그래요. 그거면 됐어요

심쿵 포토존

누구에게나 그들만의 사랑법이 있다

누구는 뜨겁게
누구는 달달하게
누구는 은은하게

와락 껴안고 보란 듯이 사진을 찍는 사람
손깍지를 끼고 환하게 웃으며 사진을 찍는 사람
닿을락 말락 서서 부끄러운 듯 사진을 찍는 사람

나는 어떻게 사진을 찍는다?
에라, 모르겠다
뜨거운 에로 배우가 되어 포토존에 선다

남자가 사랑할 때

남자가 여자를 사랑할 때
자존심 따위는 필요 없지요
꼭 지켜야 하는
놓치지 말아야 하는
그녀를 위해서라면
모든 걸 걸어야지요
목숨이라도 내놓고
뜨겁게 사랑하다가 죽어야지요
그게 남자의 사랑이지요

〈드라마, 「미스터 션샤인」에서〉

붉은 별

산으로 둘러싸인 동강이 흐르고
별빛 붉게 내려앉은 그 위에
바다처럼 펼쳐진 홍메밀꽃밭

동화 속 왕자와 공주의
핑크 핑크 한 데이트 장소 같아
절로 미소가 피어나고

다글다글 피어 있는 작은 꽃밭 사잇길
쌀쌀한 찬 이슬 온몸으로 맞으며
연신 셔터를 눌러대는 낯선 사내

이유 없이 글썽이는 우물에
반짝이며 스며드는 붉은 별 하나
가만히 담아본다

서울 사람

흰 눈 수북이 쌓이던 어느 겨울밤
먼 길 시외버스 타고
시골집 마당 불쑥 찾아와

해순아 결혼하자던
무뚝뚝한,
그 서울 사람

그대 세상 떠난 뒤로
시간은 잘도 흘러
벌써 내 나이 고희(古稀) 되었건만

그대 만나는 날 말해주리다
그대 항상 내 눈에
그렁그렁 맺혀 있었다고

그대 동백

찌릿
눈이 번쩍,

한순간
첫눈에 반해
자존심 따윈 내려놓고
마구마구 들이댔지요

귀엽고
사랑스러운
그대 매력에 흠뻑 빠져
넋이 나가버렸으니

우리
애인 합시다

윗살막 찬가

봄이면 논두렁 밭두렁 보이지 않는 작은 틈새로
알록달록 순하게 피어나던 이름 모를 들꽃들이 방긋
고개를 내밀고

여름이면 향긋한 아카시아 줄기 따서 친구들, 곱슬 파
마 해주며
배꼽 빠지게 깔깔거리기도 하고

가을이면 갯 내음 물씬 나는 황금 들녘 넘어 먼바다로
지는 해 바라보면서
괜스레 서러워 뚝방에 주저앉아 엉엉 울기도 하고

겨울이면 굴뚝 연기 피어오르는 처마 밑 고드름을 따서
손이 시리도록 깨물어 먹어도 보고

‘오메오메 울 애기 왔는가’

금방이라도 버선발로 뛰어와 내 손목 움켜잡을
울 어매 목소리가 들리는 듯도 하고

그대 목소리에

창밖에 눈 내리는 걸 보니
우리 애인 생각이 나서 전화했소
자기도
내 생각은 하는지 궁금하오

눈처럼 부드럽고
바닐라 향 가득 스며드는
은은한 목소리

겨울 코트 깃에서
손으로 받으면
사르르 녹아내리는 눈처럼

전화기 너머
새하얀 눈꽃처럼 피어나는
그의 고운 숨결이 하도 따뜻해

나도 그만 눈이 되어
사르르 녹아내립니다

뜨거운 단풍 미소

칠십 대 여고 동창생 예닐곱 명이
새빨간 가을 속 자신들 모습을
사진 속에 담으려

엉거주춤 불편한 자세로 안부를 물어보듯
서로서로 가만히 어깨를 어루만지며
나란히 서 있다

"애들아!
내년 가을에도 여기서 사진 찍는 거 잊지 마
요양원에도 동창끼리 함께 가는 거다"

가장 뜨거웠던 볼 빨간 소녀 시절로 되돌아간 듯
웃어젖히는 얼굴에 해맑은 단풍 미소 피어나고

나 오늘
화려하게 저무는 단풍이
미소 짓는 거 처음 보았다

수다

밥 사줄 텡게 나와
밥 한 끼 먹는 게
왜 이렇게 힘들어
얼굴 잊어불것써야
우이동 계곡에서
달걀노른자 동동 띄운
추억의 쌍화차 한 잔씩
워떠?

제3부

그때 나는

거미줄

비 온 뒤
나뭇잎 끝에 쳐 놓은 그물

거기
아슬아슬 매달려
빗방울 끌어안고
안간힘을 다해 붙잡고 있는
거미 한 마리

너도 먹고살기 위해
시련을 겪는구나

그렇다고
목구멍에 거미줄이야 치겠니
힘내 거미야!

마지막 인사

눈물도 흐르지 않는
믿기지 않는 이별
멍하니 한숨 몰아쉬며
흰 머리카락 쓸어 올린다

잊을 수 없는 이슬비인지
보고 싶은 보슬비인지
빗줄기마저 슬프던 산사에서
합장을 한다

부디 좋은 곳으로 가시게나
가서는 아프지 말고 행복하게 사시게나

그대의 순백한 영혼 그리며
마지막 인사를 건넨다

지영이 엄마

밤 영시
새로운 한 해가 되는 순간

남편, 아들에게
새해 축하와 덕담을 나누고

지영이 엄마 홀로 마당으로 나가더니
캄캄한 밤하늘에서 누군가를 찾는 듯
두리번두리번
전구 불을 흔들어 비추며

지영이가 있는 그곳
먼 하늘 끝까지
목 터져라 외친다

지영아!
Happy New Year!

용답동 매실 거리에서

봄빛 가득 머금고
고혹한 교태 부리는 홍매화가
봄바람에 흔들흔들

수양버들 여린 나뭇가지
초록 이파리 매달고
봄바람에 흔들흔들

노신사 아코디언 연주에 맞춰
덩달아 신이 난 듯
노래하는 직박구리

흐르는 물가에 꽃잎 한 점 띄우고
술잔 기울이며 봄에 취해 보리라

중년 여가수가 부르는 제비꽃을 듣다가

황순원의 『소나기』가 생각난다
개울가에서 처음으로 만나
가슴이 콩닥거리던 소년과 소녀의 이야기

중년 여가수의 서걱거리는 목소리와
기타 소리가 잔잔하게 들려왔을 뿐인데
왜 나도 모르게 눈물이 흐르는지

아픔을 다스리는 가장 완벽한 치유는
가슴을 훅 치고 들어오는
사람의 목소리와 노래가 아닐 것인가.

오랜만에 숨을 몰아서 쉬다가
말로 표현할 수 없는
긴 여운을 느낀 하루

그리운 제비꽃 같은 사람

봄처럼

다시 돌아와 볼 수 있었으면

당신을 사랑한 사람

두 갈래 길 위에서
우리는 더 이상 함께하지 못하고
연무처럼 흩어지고 말았소

그때부터 나는 마침표 없는
삶의 문장을 끌어안고 살아왔다오

살아서 맺은 사랑의 인연
실낱 같아서 부질없다지만
당신은 내 삶을 별처럼 비춰주는
이 세상 유일한 사람이었소

당신을 잊지 못해
딸아이 목에
당신 이름, 새겨 걸어두오

그럼 안녕

나만 찍는 CCTV

털이 복슬복슬한 내 강아지 아지는
배를 만져주면 벌렁 드러누워 애교를 부리고
잠을 잘 땐 이불 속까지 기어들어 와
내 팔을 베고 쌔근쌔근 자다가도
화장실을 가면 졸레졸레 따라와 문 앞을 지킨다

잠시라도 내가 안 보이면
엄마가 없어져 그 자리에서 엉엉 우는 아이처럼
끙끙거리며 현관문 앞에서 망부석이 된다

내 강아지 아지는 오로지 나만 찍는 CCTV
말 못 하는 널 애잔하게 바라보다
그냥 왈칵 울어버렸다

먹먹한 글씨

뇌병변장애로 몸이 뒤틀려
다리와 손이 불편한 영자 씨
세 겹 비닐봉지에 꽁꽁 싸맨 포장김치와
하얀 도화지에 큼지막한 글씨로
삐뚤빼뚤 보낸 편지 한 장

수미 씨!
시집 잘 읽었어요
글이 현실감 있게 와닿아서
웃다가 울기도 하였지요
어제 김장했는데, 맛 좀 보시라구…

정성스레 꼭꼭 눌러쓴 연필 글씨를
보는 순간
목이 콱 메어온다

인생의 가을은 깊어만 가는데

가을바람이 서리알처럼 가슴속을 훑고 지나는
텅 빈 들판의 허수아비 같은 내 나이

세월도
인생도
가을 끝자락인데

삭이지도 못하고 버리지도 못하면서
채우고 싶었던 허무한 욕망에 끌려다니며
살아온 기억들

겨울 지나면 봄이 오건만
내 인생의 가을 고개
한번 넘어가면 그만인 것을

아직도 나는

겨울 지나

파릇하게 새싹 피울 다음 봄을 기대하고 있네

한량(閑良) 엄마

기형도 시인의 「엄마 걱정」은
열무 삼십 단을 이고 시장에 팔러 간 엄마를 생각하며
빈방에 혼자 엎드려 훌쩍거리던 아이의 이야기인데

우리 새끼들의 걱정은
늙은 엄마가 문화센터 사교댄스 강좌를 등록한다고
하니
약속이나 한 듯 모두가 도리도리

글 쓰고 기타 치며 노래 부르는 것도 모자라서
이젠 사교춤까지 배우려는 울 엄마
제발 누가 좀 와서 말려 줘요,

집 밖은 위험하기 짝이 없는데
한량(閑良) 엄마를 둔 것이 골칫거리라며
펄쩍펄쩍 뛰는데

내 이쁜 새끼들아!

너희 눈에는 아직도 엄마가 여자로 보이더냐?

걱정하지 말아라

자식하고 강아지는 절대로 안 버릴 터이니

자, 그럼 슬슬 나가 볼까?

그니 (가수 박창근 애칭)

기타 하나 달랑 메고
그 어디에도 없는
때깔 고운 목소리

온 혼을 담아
수수하게
툭툭 내뱉는 노래

울렸다 웃겼다
빠알간 꽃 피우며
사랑에 빠지게도 했다가

겨울날
누군가 보내온 소중한 편지처럼

오래오래 보고픈
반갑고 고마운 그니

그때 나는

강렬한 불꽃처럼
활활 타올라
한 줌 재가 된다 해도
훔쳐 달아나고 싶었지

미쳐서
그 사람에게 홀딱 반해서
내 모든 걸
쏟아붓고 싶었지

내 나이 고작
열아홉이었을 때
미처 다 피지 못한
꽃봉오리였을 때

나이 앞자리가 바뀌었다

내 나이 어느새 이순(耳順)이라니!
이순은 아줌마도 아닌 할머니도 아닌
어중띤 중년의 나이

땅거미 내리는 저녁 무렵처럼 어둑해지고
뒤통수를 정통으로 한 대 맞은 느낌

나 무엇을 했을까
나 무엇을 해야 하나

나이를 센다는 게 창피한 일은 아니지만
이젠 이순도 되었으니
셈하는 일 따위는 잊어버리고
묵묵히 살아가야겠네

고무줄 같은 인생살이

오늘은 꽃구경이라도 가서

인생의 여유로움 한껏 즐겨보고 싶네

나이 앞자리가 바뀌어

섦은 마음이 꾸역꾸역 차오르는 새해 아침

정상에 올라

심장이 터질 듯 부풀어 오르고
허벅지 근육이 행주 짜듯 쥐가 내리는데
평지에서 느낄 수 없는 희열이 밀려 올라온다

쫓기듯 살아온 세월
사랑은 채우고 분노는 바람 목욕으로 날려버리라고
산은 또 한 번 더 다독이는데

난 갑자기 날고 싶어 겨드랑이를 펼쳐든다

제4부

그 사람

청보리밭의 추억

보리밭 사이사이로 불어오는 바람에

어깨춤을 덩실덩실 추는 청보리밭

파도타기 응원을 하며

동네 아이들 불러

보리피리 불게 하고

종다리 지지배배 노래 부르게 하고

알알이 추억 박힌 보리 구워 먹으며

그을린 얼굴 마주 보고 깔깔거리게 하던 청보리밭

해 질 녘 들판 부드러운 풀밭 위

온몸으로 굴러 내려가며

하늘 끝에 걸린 무지개를 보곤

풀밭에 벌렁 누워 깜빡 잠이 들었다가

영숙아, 밥 묵어라!

잠결에 울 어매 애타는 목소릴 듣고

화들짝 놀라 집으로 돌아온 어린 시절

그때가 내 인생의 전성기일 줄 어찌 알았으랴

정동진

하늘마저 흐렸다
너랑 함께 오자던 이곳에서
거칠게 달려드는 파도를
온몸으로 흠뻑 밀어 버렸다

궁평항에서

나의 눈빛에
웃는 모습에
목소리에 빠져들겠다고 말하는
그는 이제 없다

노을빛에 물들던
그 저녁 바다도
이제 사라지고 없다

없는데 있는 건 무슨 까닭인가
이렇게 끝난 줄 알았는데,
영원히 계속되는 건 무슨 까닭인가

그가 내 앞에 있다

어미 마음

밤늦게 집에 오는 딸이 걱정되어
지하철역으로 마중을 나가 기다리다가

에스컬레이터를 타고 출구 밖으로 나오는 아이들이
내 딸처럼 보여 몇 번이나 '짜잔' 하고 다가갔는데
"엄마!" 하고 뒤에서 몰래 다가와 팔짱을 끼는 딸
내 얼굴이 환해지는 순간이다

"엄마, '짜잔'이 뭐예요?
내 나이가 몇 살인데 엄마 눈엔 아직도
아기로 보여요?"

그게 어미 마음이야,
딸과 함께 집으로 돌아가는 길
나도 모르게 실실 웃으면서 발을 옮긴다

친정 엄마

먼 길 오느라 고생했는디
밥만 묵고 가서야 쓰겄냐?
한 밤 자고 가면 덜 서운할 텐디
그냥 왔다 가려면 뭣 땜시 왔어

우르르 왔다
쏙 빠져나가는 자식들을 보며
아쉬워 눈물 글썽이시던 친정 엄마
조심혀서 올라가그라
엄마는 혼자서도 잘 살고 있을게, 걱정 말고

살아갈수록 당신이 그리워
먼 하늘 올려다보며 혼잣말합니다
엄마!
그때가 참 좋았어요

가을이 사무치는 남자

다소 지치고 그늘진 한 남자가
순댓국 한 그릇
소주 한 병 시켜놓고
술잔을 들다 말고
고개를 푹 떨구는데

낙엽은 길바닥을 나뒹굴고
머리카락 희끗희끗한 남자의
축 처진 어깨너머 등 뒤로는
가도 가도 끝없는 황무지 같은 고단함이
하염없이 흘러내리고

그러거나 말거나
가을은 또 탄식하듯 지나가고
혼술 하던 나는 괜스레 창밖을 바라본다

갱상도 사내

가스나야 밥 한번 묵자
오빠 동생 그만하고 여보 당신 어떻노
더 이상 사람 맘 재지 말그래이
암말 하지 말고
약속 날짜 잡을 테니 메모하고 알았제

브레이크 없는 전차처럼
돌진해 오는 이 남자
밍숭밍숭한 내 마음의 심지에
불을 확 땡겨 붙이는 갱상도 사내

나 그런 불같은 사내와 한세상 살았다
여한 없다

살아 있다는 것은

가까운 사람이 죽어도
어느새 먹고 있는 밥

처절할 수밖에 없는
냉혹한 현실

지긋지긋해도
살아 있는 동안은
끼니를 때워야만 한다

그게
살아서 하는 일

단풍아

단풍아
나랑 놀자

가을 끝물
가기 전에

한 번 더
홍조 띤 얼굴로

너랑 나랑
사진을 찍자

보고 싶을 때
사진이라도 꺼내 보게

나무에게

숲에 들어서니

아름드리나무가 하늘을 덮는 것도 모자라

옆으로 치렁치렁 늘어져 산소를 내뿜고 있다

너무도 거대하고 웅장해서

조심스레 다가가 나무를 어루만지는데

눈물이 왈칵 쏟아졌다

너처럼 튼튼하게 해줘,

나도 모르게 눈을 감고

중얼거리고 있는 것이었다

여우비 사랑

아무런 기대 없이 당신을 맞이해
많이 웃고 즐거웠소

기약 없이 헤어진다 해도
봉숭아꽃 물들이듯
서로가 서로를 물들이던
그 밤은 잊지 못할 것이요

볕 좋은 날
잠깐 비를 흩뿌리고
홀연히 사라지는 여우비처럼

이젠
누구보다 서로를 잘 아는
남이 되었으니

헤어진들 어찌 헤어진 것이고
남이 된들 어찌 남이 된 것이겠소

그대는 여우비
나는 햇살

여름아, 안녕

견딜 수 없이 뜨거웠던

그 요란하던 여름도

갑자기 쏟아진 폭우에

그 열기 점점 식어가더니

조금씩 뒷걸음질 치며

가을빛 아슴아슴 스며드는 길을 따라

훌쩍 떠나겠다고 하네

사랑을 하고 싶었던 철부지 소년도

서늘한 바람에 실려 멀어져 가고

나만 홀로 남아 가을을 만끽하네!

노을

지나고 나서야 깨닫는
찬란하고 아름다운 길

나에게도 붉게 타오르던
한낮의 기억

저물어 가는 인연이 아쉬워
자꾸 뒤돌아본다

노을 같은 사람아
그리워서 먼저 가 기다릴 사람아

그 사람

이름보다 먼저
눈물이 나는 사람

여전히 젊고 고운
오래전 그 얼굴

누가 옆에 있거나 말거나
길을 걷다가도, 밥을 먹는 중에도

다짜고짜 막무가내 다가와
한참을 머물다 가는 사람

딱 털어내긴 어딘가 아쉬워
바보처럼 끌어안고 뒤척이다가

천상에 가서도
젤 먼저 찾을 사람

제5부

너라는 사람

음악에 파묻혀

손잡기조차 조심스러웠던 그 시절,
순수함이 가득 배어나던 그 시절,
나는 어쩌자고 그 사람에게
어리고 여리던 순정을
모두 다 주어버렸을까.

그 사람을 만난 후
처음으로 세상이 아름답다는 걸 알았네.
어떤 날은 그가 미웠다가도
어떤 날은 그가 잘 살기를 바랐던
아련한 그 시절,

지금도 음악을 들으면
그 꿈결 같은 시절 속으로
다시금 빠져들어
마치 오래된 추억의 한 장면처럼
그리움에 젖어드네

그리움은 때론 쓰리고 달콤하게,

마음 깊숙이 울려 퍼져

지금도 가슴 한편을

부드럽게 물들이네

화장을 지우다가

온종일 쓰고 다니던 가면을 벗고
거울 속 내 얼굴 빤히 바라본다

인생이라는 가시밭길을 걸으며
돌부리에 넘어지고 또다시 일어서는
반복되는 삶을 살아온 너

후회와 아쉬움에 눈물 흘리다 보니
늘어진 뱃살처럼 어느새 흘러가 버린 시간

그래도 부분 부분 예쁘게 핀 꽃 시절이 있어
사라져 버린 시간을 아쉬워하느니

이 사람아!
여기까지 오느라 수고했어

봄 생각

다시
첫봄이 왔네

꽃은 피었다
한번 멋지게 웃다가 지고
나도 언젠가는 손톱달처럼 저물어 간다고 하네

세월에게
어느 때까지
곁에 있어줄 거냐고 물으니

처음인 것처럼
마지막인 것처럼
꼭, 그리 살라 하네

나이를 잊고 삽니다요

어떤 행복 모임에서
비슷한 연배로 보이는 분이
내게 나이를 묻는다

한두 살 부풀리면
자신보다 늙어 보여서 기뻐할까
한두 살 적게 말하면
자신보다 젊어 보이니 실망할 거야

잠시 망설이다가 대답한다
모릅니다
모르기로 했어요
나이를 잊고 삽니다요

요즘 화두가 백 세 시대
나이 알아 무엇 하랴

묻는 그도
대답하는 나도
곁에서 같이 듣던 이들도
모두가 한바탕 웃어넘겼다

산다는 게

면면히 아프고
힘든 인생살이

행복이란 게
별거 아니더라

좋은 집도
좋은 차도 아닌

오늘 안 아프고 지나가면
그것이 행복이더라

아쉬운 게,
아쉽고 섭섭한 게,

몸이
반응하지 않는다는 거

마음만으로는

결코 안 된다는 거

자꾸만

뒤를 돌아본다는 거

살아온 모든 날들이 좋았다

내 인생의 봄

가을이
들썩들썩
손에서
떨어뜨리고 싶지 않아
조마조마

멱살을 잡고서라도
절대 보내고 싶지 않은
내 인생의 봄은
늘 가을이었어

꽃피는 사월의 밤

은은한 라일락 향기
코끝으로 스며드는
달달한 사월의 밤

비밀 감추려고 몰래 왔다가
그 마음 다 들켜
화려하게 떠나는 당신을
난 그저 멍하니 바라볼 수밖에

우연히 왔으니
우연히 다시 만날 그날을
손꼽아 기다릴 수밖에

내 마음
꽃바람은 아실런지
모르실런지

단풍이 장땡

미친 듯이 불붙어야
저리 단풍 드는 걸까

얼마나 가슴 저려야
저리 붉은 피 흘리는 걸까

가난한 남자 마음 훔쳐놓고
어쩌자고 저 혼자 깊어만 갈까

너와 함께하는 가을은
얼마나 더 남아 있을까

천 번, 만 번 함께하고 싶지만
세월은 기다려 주지 않는데

오면 가지 말았으면 하고
가면 다시 왔으면 하는데

나는 너를 가을만큼 사랑하고

홍매화

흰 눈 머금은 홍매화
달큰한 바람 다가와 흔들면

나도 볼 발그레한
소녀가 됩니다

그대의 바람 따라 내 마음도
몽글몽글 피어날 줄

처음부터
누가 알았을까요

홍매화의 눈에도
내 눈동자에도

달큰한 그대가
오래오래 남았으면 좋겠습니다

부침개 사랑

달궈진 프라이팬 위 부침개가
지글지글 재미난 빗소리를 연주하는 것처럼

철퍼덕, 뒤집으면 야릇하게 들려오는
고소하고 바삭한 소리처럼

부침개 모서리 한쪽을 잘근 씹으면
입안 가득 쫄깃하게 휘감기는 감칠맛처럼

너와 나의 사랑도
그렇게 맛나게 해보자

하얀 나비만 보면

"난 이다음에 나비로 환생해서
세상천지 훨훨 날아댕김서
꽃들하고 친구 할란다잉"

꽃을 좋아하시던 울 엄니
살아생전 입버릇처럼 말씀하셨네

베란다 창문을 닫아놓았는데
어느 틈새로 들어왔는지
장례식 치르는 내내
하얀 나비 한 마리 들어와
날아가지 않았네

발인하고 집에 돌아와 보니
나비 떠나고 없었네
그날 이후, 베란다 창문을 열고
누군가를 버릇처럼 기다렸더니

어느 날 나비 한 마리
사부작사부작 날갯짓하며 나타나
안방을 한 바퀴 휭 돌고는
홀연 떠나갔네

난 그때부터 하얀 나비만 보면
말을 걸어보는 습관이 생겼네

엄니가 내 엄마여서
정말 고마웠어요

자라섬 꽃들처럼

섬과 섬 사이
흐르는 북한강 물줄기 따라
섬 전체가 꽃동산

꽃은 강이 있어 그 아름다움이 더하고
강은 꽃이 있어 향기를 머금고 흘러가나니

새하얀 눈꽃 송이가 내려앉은 구절초 향기는 코를 간
질이고
백일홍 원색의 진한 색감은 멀리서도 선명하게 뽐을
내는데

모두 꽃이라 불리지만 저마다 스타일이 다르다
모두가 똑같다면 얼마나 지루할까
틀림이 아닌 서로 다름을 이해하고
함께 어우러져 꽃처럼 사는 세상

하얀 눈이 내려 고개를 살풋 떨구고 있는 꽃

오늘도 그 자리에서 누군가를 하염없이 기다리고 서
있네

병원에서

"아이, 추워!"
검사받는 내내 추웠다며
으스스 몸서리치며 나오는 여자를
보물처럼 감싸안는 남자
"두 시간 동안 검사받느라 고생했지?"
거동이 불편해 보이는 아내
헝클어진 머리칼을 매만져 주고
자신의 점퍼를 벗어 입혀주면서
옷깃을 꼼꼼히 여며주는 다정한 남편

나 오늘 그 모습보다 말고
눈물 흘렸네
나 자신 처량하고 또 처량해서
아무도 모르게 흐느꼈네!

너라는 사람

내 이름을 부르는
첫마디 목소리에서

순간 마음이 읽혀
왈칵 눈물이 나는 사람

저 깊은 밑바닥에서
시리고 휑한 아픔이 꿈틀대는 듯한

너라는 사람은
도대체 내게 누구일까?

인생 숲에서 행복의 열매 가득 안고 하늘을 우러르는 시인의 눈과 마주하며

– 이수미 시인의 제3 시집 『그대 동백』에 붙여

이충재 시인, 문학평론가

1. 삶과 시의 문을 열며

가을이라는 계절의 실종을 아쉬워하는 21세기 문명 문화 앞에서 우리는 솔직(率直)을 잃어버리고들 방황한다. "아니라, 아니라" 항변할 의사와 의지를 지닌 사람들이라면 그래도 아직은 사람의 양심 혹은 진실을 그리고 자기 삶을 사랑하기 위해 몸부림을 한다고들 치부할 수 있겠지만, 그것마저 지니지 못하고들 살아간다면, 과연 그들을 향해서 만물의 영장이며 보시기에 심히 좋았더라는 피조물로서의 가치 있는 인간, 사람이라고 지속적으로 호명할 수 있겠는가? 되묻지 않을 수 없을 만큼 심각한 인간 정체성 부재에 직면한 것이 사실이다. 그래서 무엇인가를 잡아보겠다고 호들갑을 떨고들 있지만, 그 손아귀에는 여전히 타인을 유해(有害)하고, 영혼의 상처와 목숨까지도 위협하는 경쟁의 날이 선 무기들만 가지고 날뛰고들 있으니, 우리가 역행해도 한참 역행했거나 진보라는 명분 아래서 인간의 길을 잃고 참됨의 자리에서 한참 일탈하여 동물인지, 로봇인지도 모르고들 맹목적으로들 살아가니 누가 그 현장을 주도면밀하게 진단하고 인문학적 처방전을 낼 것인가? 묻지 않을 수 없다. 그 인문학적 진단과 처방전을 내야 할 대상들을 찾으라고 한다면 단연코 시(詩)의 지대에서 기회를 엿보아야 할 것이며, 특히 시인(詩人)들에게서 그 가능성을 발견해야 할 것이다.

조건이 있다면 순수성과 진정성 그리고 진실성과 자기 희생정신을 잃지 않은 올곧은 판단력과 건강한 몰입(沒入)을 잃지 않은 시인들에게서 그 가능성을 찾을 수 있다고 하겠다.

헤르만 헤세가 1910년 작가 지망생들과 작가들에게 전한 편지의 글에 마음의 문을 열고 응답해야 할 시기가 바로 오늘날의 시인들에게 부여된 셈이다. "귀하가 쓴 습작이 귀하에게 유리하고, 자기 자신과 세계에 대해 보다 명확히 알게 되고, 귀하의 체험 능력을 제고시

키며, 귀하의 양심을 날카롭게 해주도록 귀하를 도와 준다는 느낌이 드는 한 시 창작을 계속 하십시오. 그러면 시인이 되건 안 되건 상관없이 귀하는 눈동자가 맑은 쓸모 있고 깨어 있는 인간이 될 것입니다. 하지만 제가 희망하건대, 그것이 귀하의 목적이라면, 그리고 시 문학을 향유하거나 창작할 때 조금의 장애라도 보이거나 또는 빗나간 샛길이나 허영심에 빠질 것 같은 유혹, 소박한 삶의 감정이 약화될 유혹이 조금이라도 감지된다면 귀하의 문학이든 우리의 문학이든 일체의 문학을 던져버리십시오!"

최소한 이렇게 할 용기와 결단이 있어야만, 21세기 천민자본주의가 만연하여 인간의 자리와 인류를 물질의 가치나 AI 그리고 그릇된 탐욕과 욕망에 가득 차 있는 괴수들에게서 구원할 수 있는 에너지를 얻게 된다는 것이다. 여전히 그 견인 역할을 해야 할 사람들이 바로 시인들이다. 이는 필자만의 소망이 아닌 많은 지식인들이나 지성인들, 철학자들, 그리고 진실된 문예 운동가들이 시인들에게 거는 소망이기도 하다. 그렇다면 오늘날의 많은 시인들이 이에 부합된 사상과 중심을 잡고들 살아가는가 되묻지 않을 수 없다.

지속적으로 헤르만 헤세는 강변한다. "시인이 되는

것이 대체 꼭 필요하다고 생각하십니까? 시인이 된다는 것은 많은 재능 있는 젊은이에게 하나의 이상입니다. 그들은 시인이란 존재를 독창적인 사람, 섬세한 감각과 정화된 감정을 지닌 마음이 순수하고 감수성이 예민한 사람으로 이해하기 때문입니다. 그런데 이런 덕목은 굳이 시인이 되지 않아도 누구든 가질 수 있습니다. 또 미심쩍은 문학적 재능을 갖는 대신에 그런 덕목을 갖는 게 더 낫습니다. 어쩌면 유명해질 수도 있겠다는 심정 때문에만 시인의 길에 관심이 있는 자라면 차라리 배우가 되는 게 좋습니다"

그럼에도 불구하고 오늘날 많은 시인들에게서 이 같은 무거운, 중심 잃은 그리고 순수성을 잃은 욕망을 발견하는 것 같아서 아쉬움이 크다. 그런가 하면 기성 문인들이나 시 창작 교사들에게서는 아쉬운 태도를 감지하게 된다. 이는 독자들의 권리를 박탈시키는 아주 그릇된 행위이기에 근절되어야 함에도 자유란 명목 아래 그런 가벼운 행위를 자행하고 있어서 독자들의 눈살을 찌푸리게 한다.

테드 휴스는 그들을 향해서 다음과 같이 일침을 놓고 있다. "글쓰기에 거짓이 반영되는 모든 계기, 그리고 결과적으로 작품 구조의 생명력을 갉아먹는 병폐

는 추상적이면서 특별한 언어로 된 문학 양식이 존재
하며 이를 다루고야 말겠다는 사람들의 열망에서 온
다. 문학 교사는 이런 생각들과 거리를 둬야 한다. 그
런 개념들은 관습이나 용어를 연구하는 이들의 몫이
다. 교사의 가르침은 '쓰는 법'에 대한 것이 아니라 '정
말로 뜻하는 바를 어떻게 말로 전달하는가'에 대한 것
이어야 하며, 이 과정에서 학생들은 자기 자신에 대한
탐구를 비롯해 어떤 형태로든 문학적인 품격을 연마
하게 되는 것이다"

한마디로 말해서 문학을 하기 전, 문학인이 되기 전
품격, 인격 그리고 참된 경험 즉 사람으로서의 품성을
지닌 가치부터 익혀야 한다는 것이다. 이것이 기초가
되어야 비로소 사람을 위로하고 살리거나, 인류를 건
강한 문화의 토대 위로 발전시키는 인문학의 치료자
가 되는 것이란 점을 강조하는 말이다. 그런데 요즘은
어떤가?

이번 제3 시집을 출간하게 되는 이수미 시인의 작품
을 감상하면서 위의 시 전문가들이 당부하는 우려는
하나도 찾아볼 수 없어서 참으로 다행스러웠다. 아주
홀가분하게 이수미 시인의 작품들을 감상하게 됨으로
써 오는 가을이 짧고 어수선하지만 추억 속 그 아름다

운 사유의 계절로서의 가을을 만끽할 수 있게 되었다. 그러니까. 현실적인 계절로서의 가을은 인간의 탐욕으로 인한 강제성으로 인해 기후의 궤도가 상당 부분 이탈되어 발생하는 계절의 실종을 초래하였다고 하지만, 필자가 순간 그 계절의 참맛과 참멋을 누릴 수 있었음은 분명 이수미 시인의 작품의 순수성 때문이다.

이수미 시인의 시 창작을 두 가지로 평가할 수 있겠다. 첫 번째로는 가치와 긍정적인 기법으로서의 박목월 시인이 시를 쓰는 마음 즉 자연성을 사랑하는 순수 자연론에 기초를 두고 있다고 할 수 있다. "시를 동경하고, 시를 쓰는 마음은 수목(樹木)과 같은 것이다. 수목이 밝은 햇빛과 푸른 하늘에 그의 동경의 손을 뻗고, 또한 자연의 맑은 정기를 모아 그 스스로가 정결하듯 시를 쓰는 마음이야말로, 이 정결한 동경과 무한한 아름다움과 영원한 생명의 애절한 꿈을 사모하는 일이기 때문이다. 또한 수목은 그 자체가 자연의 부분을 이루어 아름답듯 시를 쓰는 마음은 스스로 완전한 아름다움을 이루려는 심정일 것이다" 이와 동일한 조건부 아래서 창작하려는 의도와 성향을 발견하게 된다. 또 한 가지는 사람을 사랑하는, 사람을 위하는 - 서로를 깊이 알면 우리의 세계는 어떻게 넓어지고 깊어지는가에 대한 진리 속에서 사람들을 사랑하는 이야기가 주를 이룬다고 할 수 있다. 이는 데이비드 브룩스가 주장하는바 '사람을 안다는 것'의 과제를 능수능란하게 풀이해서 시로 그려내고 있다는 것이다. 데이비드 브룩스는 그의 저서에서 '어떻게 더 나은 사람이 될 수 있을까?', '타인이라는 세계', '관계 안에서 자신의 세계를 넓히는 사람들'이라는 소주제를 가지고 사람을 사랑하는 방법과 관계성을 이어가는 방법을 설명하고 있다. 이처럼 이수미 시인의 이번 시집은 크게 두 가지(자연으로서의 꽃과 나무 등의 가치와 사람과 사람, 사람을 향한 내면, 무의식 속에서 그들과의 사랑을 결부시켜 인간의 참된 행복을 찾아가는 노력을 선행해야 한다는 것을 시인 스스로 몸부림과 마음의 고뇌를 통하여 찾아가는 그 행보가 절실하게 엿보인다)를 독자들에게 드러내 보이고 흉금 없이 말 걸기를 시도하고 있다고 보인다. 엄마의 고뇌 자욱했던 영혼을 위로하고 지켜봐 준 자녀들이 있고 꽃이 있고 나무가 있고 하늘의 높은 구름이 있고 고향이 있고 어머니가 그 마음 밭에서 고추 농사를 하시고, 이별을 한 사람들이 찾아와 즐거운 만남을 갖고, 추억 속 그 한 사람과의 가벼운 입맞춤이 허락되는 여전히 꿈이 나풀거리고 있는 그 작품집 『그대 동백』 뜰을 거닐어 보기로 하자.

2. 작품을 따라가 보기

작품을 대할 때마다 그 한 사람의 이력과 생애가 회화처럼 그려진다는 것은 참으로 놀라운 일이며 동시에 행복한 순간 포착이 아닐 수 없다. 이는 거울을 앞에 두고 자신 외면의 멋을 마음껏 꾸미는 것 이상으로 내면 혹은 영혼 속을 들여다보는 그리고 드러내는 마술과 같은 기회가 된다는 점에서 다소 흥분되는 기분으로 시를 읽어나가는 것이 좋다. 한참 그렇게 거닐다 보면, 시집 끝자락에서 시들과 헤어질 때 시인과의 각별한 아쉬움을 발견하게 된다. 이수미 시인의 시가 그런 의미를 충분히 담고 독자들에게로 다가선다는 특유의 장점과 생명력을 지녔기에 가능하다.

내가 살아낸 별일 아닌 것 같은
소소하고 작은 삶의 흔적들,
그냥 묻어버리기에는 뭔가 아쉬워서
몇 자 끄적이며 시로 담아보았더니

암에 걸린 어떤 사내가 임종 전까지
내 시집을 늘 머리맡에 두고 읽더니
자신의 관 속에 함께 넣어달라고 했다 한다

내 이야기 한 토막이
내가 모르는 누군가에게 조금이나마 위로가 되어서
저세상 가는 길에도 함께 동행했다는 것,

생각만 해도 소름 돋는 일이어서
오늘도 원고지 앞에 멍하니 앉아 생각한다

－「동행」전문

　위의 시가 독자들에게 주는 그리고 특정한 누군가의
가슴에 묻혀 영원히 함께하고 싶다는 고백을 자아내
게 하는 것은, 바로 시가 지닌 힐링 이상의 힘이 느껴
지기 때문이다. 이는 단순히 짧은 기승전결의 함축된
이미지를 지닌 시의 특성 이상으로 시인의 솔직담백
한 영혼의 울림, 자기희생적 경험을 기초로 한 자기 고
백이 시를 창작하는 자모음을 이루게 하는 밑거름이

되었기 때문이다. 아마도 시 작품 전체를 망라해 평가하면 시인은 정말 유쾌한 삶을 살아가는 것 같은 느낌을 준다. 그러나 그 내면의 밭에는 아무도 모르는 단순 아픔이 아닌 인간 최대의 고뇌와 죽음의 문턱을 넘나드는 절망까지도 맛있게 요리하여 시로 승화시켜 놓았기에 마지막 가는 그 순간에도 시집을 관 속에 넣어 천국 가는 순간까지도 위로와 힘을 공급받겠다는 간절한 소망의 선물로 받고 싶다고 했겠는가~ 시인에게는 최대의 기쁨과 동시에 시 쓰는 책임('오늘도 원고지 앞에 멍하니 앉아 생각한다')이 느껴지는 순간이 아닐 수 없다. 이러한 책임과 자기 마음의 전부를 시에 쏟아놓고 창작하는 그 울림이 절실하다는 무언의 메시지로 다가와서 부끄럽고도 가슴이 아리다.

지리산 품속에서
야생처럼 살아가는 당신

찻물 부어놓고
우러나길 기다리면
연둣빛 어린잎으로 살아나는

녹차 잎새처럼

온 우주를 얻은 듯 평온한 눈동자

가만히 들여다보고 있노라면

맑은 시가 되어 읽히는

봄같이 따뜻한 사람

바람처럼 스쳐 간 많은 사람 중에

당신이 있어 얼마나 다행인지요

이 세상

어디에 있든

잘 계신다는 소식만으로도

나는 또 얼마나 행복한지요

　사람은 저 혼자 창조되어지는 법이 없다. 더군다나 독불장군식으로는 존재할 수 없다. 순간 고독의 순간을 맞이할 뿐이지 사람들은 유기적인 관계성을 이어 가면서 살아가는 사회적 존재인 것이다. 이를 확대해석 하면 여전히 사회라는 공동체를 떠나서는 가치 있는 삶을 영위할 수 없는 피조물의 하나라는 점이다. 이수미 시인에게도 이같이 사람의 참맛과 아름다움을 느끼게 하는 그 한 사람이 멀리 있다. 찾아가 빈번한 만남을 통한 그리움을 녹여내지는 못하겠지만, 여전히 마음의 창을 통하여 그 그리움을 자아내게 하는 그리고 인간의 가장 부드러운 심성을 느끼게 하는, 영혼을 불러내게 하는 동기 부여 대상으로서의 그 한 사람이 시인의 마음 안에 깊게 자리하고 있기에 감정의 순환과 영혼의 정화가 절로 이루어지는 것이다. 이 시대를 살아가면서 이러한 대상을 가슴에 지니고 늘 살아간다면 그것이 참된 행복이며 동시에 의미이며 아름다운 생의 보석이 아니겠는가, 하는 고백을 낳게 한다. 단순히 시를 사모하기 때문이 아니며 토속적이고, 원초적인 태초에 피조물이 창조되기 전 그 순수성으로서의 이미지를 동경, 그리워하고, 사랑을 느끼게 하는 그 힘을 시인이 지니고 있다는 증표가 되는 작품으로 평가하고 싶다.

사랑을 잃어버리면
기억은

놓친 사랑의 실체를 알려준다

놓지 말아야 할 인연
그것이
참사랑이었다는 것을

기억을 잃었어도
사랑은
늘 그 자리에 있었기에

오늘 그 희미한
인연 한 자락을 떠올리며
아련함으로
잃어버린 사랑을 다시 찾는다

- 「기억의 공간」 전문

시 작품에서 그리움이나 사랑이 생략된다면 과연 그
맛의 절정을 경험할 수 있겠는가? 물론 무미건조한 순
간의 삶이 되어 기쁨과 행복 그리고 삶의 의미를 잃고

살아가게 될 것이다. 사랑을 고백하는 이들은 각기 다른 방법으로 그 표현의 문턱을 넘나들기 마련이다. 그런데, 예외 없이 가슴안에 그 사랑과 그리움 혹은 그 이상의 바람이 가득 넘치면 그 영역 밖으로 흘러넘치게 되는 것이 다양하지 않을까. 이 또한 그 자신도 억제할 수 없는 감정, 감성의 폭발을 경험하게 되기 때문이다. 그것이 역기능적 감성의 결과물이 아닌 순기능적, 누군가를 위하거나 향하는 행복하고도 기쁘고 즐거운 감성의 마중물 역할을 한다고 한다면, 한없이 차고 넘쳐야 마땅할 일이다. 이기적인 사회가 되어 그런 감성들이 차단되는 것이 사회적 문제로 대두되어 안타깝기가 그지없다. 이수미 시인의 시집을 읽다가 보면, 그 영혼의 안에 사랑이 가득하였거나 가득하거나 가득하고 싶어 하는 열정과 깊이를 발견하는 시들을 제법 많이 만나게 된다. 그것이 바로 시인이 주장하는 삶의 대명사요, 그녀 인생의 현주소가 아니겠는가 싶다. 그렇듯 아름다운 기억을 지니고 평생을 살아간다는 것은 참으로 행복한 일이다. 인간은 추억을 양식 삼아 오늘의 영적 기근을 견디는 존재라는 점을 다시 한번 심어주는 작품이다. 그 기억의 공간이 안락하고도 견고할 때 시인은 가장 행복한 삶의 주인공이 되어 살아갈 뚜렷한 유

산을 지니게 된다고 할 수 있다. 이 시를 읽는 독자들이 시인에게서 이 감성을 전이 받는다면 이 또한 시인의 가치를 다하는 충분한 계기가 되지 않겠는가.

뇌병변장애로 몸이 뒤틀려
다리와 손이 불편한 영자 씨
세 겹 비닐봉지에 꽁꽁 싸맨 포장김치와
하얀 도화지에 큼지막한 글씨로
삐뚤빼뚤 보낸 편지 한 장

수미 씨!
시집 잘 읽었어요
글이 현실감 있게 와닿아서
웃다가 울기도 하였지요
어제 김장했는데, 맛 좀 보시라구…

정성스레 꼭꼭 눌러쓴 연필 글씨를
보는 순간
목이 콱 메어온다

　－「먹먹한 글씨」 전문

시에는 치유의 힘이 원초적으로 바탕을 이루고 있다. 그도 그럴 것이 시는 이론을 바탕으로 창작되기 이전, 인간 내면 깊이서 생명력을 움트게 하는 감성의 울림을 통하여 창작되어지는 문학 장르이기 때문에 그렇다. 그렇다고 논리를 절대적으로 필요로 하는 것도 아니며, 고차원적인 언어의 도입을 요구하지도 않는 장르이기도 하다. 그러니까 시에는 자유의지, 자유정신, 자유 할 줄 아는 감성이 공존하느냐의 여부와 더불어 자신의 생애 소중한 경험을 기초로 창작되었는가에 대한 물음 외에는 그다지 초능력적 일환의 많은 것을 요구하지 않는다. 이것이 바로 진실성, 순수성을 바탕으로 한 시인만이 지닌 힐링의 힘인 것이다. 이를 달리 말하면 공감 능력, 소통의 에너지가 시의 구조를 지탱해 주기 때문이다. 위의 시가 바로 이 원리를 극대화시켜 주는 예에 해당한다고 할 수 있다. 시인은 그냥 감성의 열림을 통하여 시를 썼을 뿐이라고 겸손해하는데, 이를 읽는 독자들이 누구인지는 모른다. 그 불특정 다수인 독자들의 반응은 각기 다르게 나타난다는 것이다. 그 예가 바로 위의 시 속의 주인공으로서 '다리와 손이 불편한 영자 씨'인 것이다.

그래서 시인들이 영적인, 감성적인 동력을 잃어서

는 아니 된다. 이 모든 힘이 연륜이나 명예와 인기, 돈이나 권력과는 반비례 현상을 빚어냄으로써 시인들의 양식은 언제든지 순수성을 바탕으로 한 진정성을 기반으로 한다는 증거이기도 하다. 이수미 시인의 작품에서 이토록 감동을 받는 독자들이 등장한다는 것은 바로 시인의 시적 재산과 비결로 삼는바, 바로 순수성과 진정성이 왕성하기 때문임을 알 수 있다.

숲에 들어서니
아름드리나무가 하늘을 덮는 것도 모자라
옆으로 치렁치렁 늘어져 산소를 내뿜고 있다
너무도 거대하고 웅장해서
조심스레 다가가 나무를 어루만지는데
눈물이 왈칵 쏟아졌다
너처럼 튼튼하게 해줘,
나도 모르게 눈을 감고
중얼거리고 있는 것이었다

－「나무에게」 전문

숲이나 들풀 그리고 꽃을 주제로 한 시들이나 수필들은 흔하다. 그러나 나무를 특정하고 쓴 작품들이 그렇게 많지가 않다. 오래전 읽었던 나무와 강을 단일 주제로 의인화시켜 대화를 이어가는 『나무에게』와 『강에게』란 도서가 생각난다. 이수미 시인의 위의 시가 나무를 의인화시켜 인간의 의미, 인간의 가치, 인간 사회의 긍정적 결과물을 요구하고 싶어 하는 시인의 강한 바람이 내재해 있는 작품이라고 할 수 있다. 나무를 통한 자신의 연약함, 나무의 왕성한 동선을 목격하고 가슴에 각인시켜 두는 아쉬움과 소망 등이 모두 시인이 본받고 싶고, 그 자연성에서 원기 왕성한 에너지를 받고 싶어 한다는 것쯤은 단순히 알아차릴 수가 있다. 그러나 우리가 잊어서는 아니 되는 것이 있다.

왜, 만물의 영장이라고 하는 인간들이 문명을 만들어 놓고, 무엇인들 다 할 것 같은 교만함으로부터 자유하지 못하면서도 이같이 한 그루의 나무, 한 송이의 꽃과 이름 없이 살다가 고사(枯死)하는 들풀 잎에게서 우울해하는가? 그 이유는 단 하나, 인간에게는 있고, 자연의 산물에서는 찾아보지 못하는 순수성과 탐욕의 유무, 공격성의 유무를 들 수 있겠다. 위의 시를 써놓고 시인은 그 비밀을 알아차렸을 것이다. 이 시집을 보면 시인의 그 겸허함과 솔직성이 드러나기 때문이다.
우리 모두가 이와 같이 공존할 수만 있다면 파라다이
스의 회복은 내심 가능하지 않을까? 위의 시를 감상하
면서 가져보는 간절한 속 바람이다.

이름보다 먼저
눈물이 나는 사람

여전히 젊고 고운
오래전 그 얼굴

누가 옆에 있거나 말거나
길을 걷다가도, 밥을 먹는 중에도

다짜고짜 막무가내 다가와
한참을 머물다 가는 사람

딱 털어내긴 어딘가 아쉬워
바보처럼 끌어안고 뒤척이다가

천상에 가서도

젤 먼저 찾을 사람

  이수미 시인의 작품 곳곳에 사람이 등장하지 않는 작품을 발견하기란 어려울 만큼 주인공은 언제나 사람을 시의 주제로 초대하곤 한다. 이미 출간한 제1 시집과 제2 시집도 꽃을 주제로 다룬듯하지만, 그 시의 중심을 가로지르는 주제는 영락없이 사람이다. 단순히 사람들의 일상을 다루기보다는 그 만남과 대상에게는 감성이 순수 인간으로서 버릴 수도 없는, 포장할 수도 없는 그렇다고 위선적 술수로 위장하여 타인을 속이기를 반복하는 기능으로서의 술수를 지닌 사람이 아닌, 위의 시에서 고백한 바와 같이 '누가 옆에 있거나 말거나', '길을 걷다가도, 밥을 먹는 중에도', '한참을 머물다 가는 사람', '다짜고짜 막무가내 다가와', '딱 털어내긴 어딘가 아쉬워', '바보처럼 끌어안고 뒤척이다가', '천상에 가서도', '젤 먼저 찾을 사람' 이런 사람들이 바로 이수미 시인의 시를 구성하고 있는 골자라고 할 수 있다.

이를 달리 표현하면, 이수미 시인이 얼마나 많은 에너지를 사람들 사랑하고, 사람들 그리워하고, 사람들 공간에서 삶의 의미를 발견하고 싶어 하는 데에 쓰는가가 극명하게 드러나는 작품이라고 할 수 있다.

그 대상들이 모두 건강했으면 좋겠지만, 그 대상들 모두가 오랫동안 곁에 머물러 시인과 동고동락하는 관계라면 좋을 텐데, 수직 사관이 주를 이루고 있는 인간 사회에서는 아쉽게도 그렇게만 되지 않아, 그리움이라는 매개를 염두에 두고 그 많은 좋은 사람들과의 관계를 이어가는 아쉬움과 절박감이 이수미 시인의 시 매 작품에 스며 있음을 알 수 있다. 슬퍼해야 할지, 아파해야 할지, 부러워해야 할지, 미련 가득 남겨진 시인을 위로해야 할지 잘 모를 일이지만, 결론적으로는 부러울 수밖에 없다. 불신이 도를 넘어서는 21세기 이 시대에서 사람을 그토록 그리워하고 사랑한다는 것은 분명 참된 인간성을 지니지 않는다면 불가능하기 때문이다.

온종일 쓰고 다니던 가면을 벗고

거울 속 내 얼굴 빤히 바라본다

인생이라는 가시밭길을 걸으며
돌부리에 넘어지고 또다시 일어서는
반복되는 삶을 살아온 너

후회와 아쉬움에 눈물 흘리다 보니
늘어진 뱃살처럼 어느새 흘러가 버린 시간

그래도 부분 부분 예쁘게 핀 꽃 시절이 있어
사라져 버린 시간을 아쉬워하느니

이 사람아!
여기까지 오느라 수고했어

- 「화장을 지우다가」 전문

위의 시는 이 시대를 살아가는 모든 이들의 자아 성
찰, 자화상의 극명한 엇갈림을 동반한 실체와 마주하
고 앉아서 무언의 대화를 나누고 있는 영상미가 짙은

작품이라고 할 수 있다. 어쩌면 무언의 대화라고 하지만, 가슴을 찢어내는, 가슴을 치는 울림이 강한 저항성 의지의 표현이라고도 할 수 있다. 대한민국 사람들은 유럽인들에 비하여 외부 치장이 난잡하고 화려하다는 평이다. 이는 자신의 실체를 드러내는 데 결점 의식을 느껴서일까? 그 결점을 보완하기 위한 거룩한 의식의 일환일까? 아무리 봐도 지나침이 강하다. 한국미의 단순성은 전 세계, 자타가 공인하는 바인데도 불구하고 어느 사이 대한민국의 화장술은 그 도를 넘어서고 있다는 느낌을 지울 수가 없다. 이러한 삶을 시인은 마치 '온종일 쓰고 다니던 가면을 벗다'라고 표현하고 있다. 단순히 아름다움을 향한 기본적인 행위를 넘어선 지 오래라는 평이 더 지배적이다. 그러나 위의 시에서 우리가 놓치지 말아야 할 것은 화장대 거울을 마주하고 가장 진솔하게 나누는 대화, 진정성, 정체성을 회복하고 위로하고 용기를 주는 시인의 독백 조의 간절함이 스며 있다는 것이다. 나를 잃고 방황하는, 타인의 혼을 겉옷처럼 치장하고들 나서면서 타인을 경계하고, 그 술수를 자기 것화하고 살아가는 이들의 삶의 결과물이 눈살을 찌푸리게 하거나, 사회적, 도덕적 문제로 등장하기 일쑤인 이 세상 독자들에 신선한 경종을 울

리는 메시지 역할을 한다고 할 수 있다. 그런 의미에서 볼 때 이수미 시인은 건강한 정신과 시심(詩心)을 지닌 삶을 살아가고 있음이라고 할 수 있다.

　　내 이름을 부르는
　　첫마디 목소리에서

　　순간 마음이 읽혀
　　왈칵 눈물이 나는 사람

　　저 깊은 밑바닥에서
　　시리고 휑한 아픔이 꿈틀대는 듯한

　　너라는 사람은
　　도대체 내게 누구일까?

　　- 「너라는 사람」 전문

　　인생이 대화, 관계성이라고 단적으로 말한다면, 지극

히 단순한 명제를 향한 해독성이라고 할 수 있을까?

시인이 시의 내용을 구성함에 있어서 대화체를 차용하여, 자신을 혹은 타인을 그리고 동식물과 자연을 초청하고, 끊임없이 관계성을 통한 삶의 가치와 의미를 발견하고, 그 발견한 결과물을 고리에 걸어 거대 담론으로서의 울타리를 만들어 놓고 인간의 안정적인 삶을 기대하는 형태를 취하고 있음을 볼 수 있다. '너'가 특별한 대상으로서의 그가 아니라 할지라도, 내가 실제적인, 그리고 현세적인 나와 당신이 되지 않는 상상 속의 그리고 소망 속 불특정인이라 할지라도 어쨌든지 시인의 속 깊이 사상을 빌려 말한다면 건강한 관계성이며 동시에 그리움을 바탕으로 한 것이다. 우리 모두 건강한 정체성을 이웃하는 많은 사람들에게 전이할 수만 있다면, 건강한 세상이 되리라 기대를 모아보는 것이다.

3. 시의 숲을 돌아 나와 다시 사람의 숲으로

오랜만에 가슴 훈훈한 가장 인간적인 순수를 기반으로 한 시 창작물을 감상할 수 있어서 좋았다. 기교나 외적 멋에 취하여 시 본래의 의미나 가치를 잃거나 시인의 사상이나 삶이 북풍한설에 날아가듯 자취를 발견할 수 없어 영문 모를 시 유형의 글을 읽게 되는 것이 다반사인 오늘날, 삶 그리고 사람의 가치와 그 가치를 대상으로 한 감성의 촉촉함을 경험할 수 있게 해준 시여서 참으로 좋았다. 많은 이들이 낯설게 하기 명목으로 시의 진정성을 훼손하는 행위를 주저하지 않고 시행하고 있는 때에, 시단에서는 비즈니스의 일환으로 그러한 시들을 알리는 일에 몰두하는 추세인데, 독자들은 하나둘 시의 무대를 떠나는 것을 그들만이 모르는 것인지 영악하여 모르는 척하는 것인지 혼란스러울 만큼 시단에서 행해지는 모습들이 참으로 가슴 아프다.

그런 분위기에서 읽는 이수미 시인만의 작품 세계라 그런지, 사람 냄새가 물씬 풍기는, 자기만의 세계가 뚜렷한 작품을 감상하게 된 것이다. 아무리 물질문명의 세계가 가치를 드러내거나 사람과 그들 사이에서 전도의 현상을 극명하게 만들어 놓고, 그로 인한 갈등과 폭력과 인간성 상실의 모순을 막아보겠다고 법 따위 운운하면서 뒷북 치는 시대에 진정으로 소환해야 할 인간 순수성을 향한 이야기가 아쉬운 시대이다.

이수미 시인은 자기 이야기 혹은 자기를 중심으로 하거나 이웃하는 이야기들을 쉽게 요리하여, 그러나 사실적으로 시에서 들려주고 있다. 이 모두가 시인 자신과 무관한 것은 어느 시 한 편에서도 찾아볼 수 없을 만큼 솔직담백한 자기중심으로 한 서사적 구조를 이루고 있다. 그러니까 아픔이면 아픔, 슬픔이면 슬픔, 절망이면 절망, 외도면 외도, 일탈이면 일탈의 현장에는 바로 이수미 시인이 등장한다. 꼭 주체자가 아닐지라도 목격자로서 혹은 안타까움을 자아내는 시인으로서, 위로자로서 곁에 등장하여 시인 자신의 가슴속에 차곡차곡 메모 형식으로 남겨두었다가 이렇게 시의 집으로 만들어 놓고 독자들을 초대하고 있는 것이다. 얼마나 아름다운 마음인가. 얼마나 순수한 마음인가. 얼마나 사람을 사랑하는 마음인가. 얼마나 자연의 소중함을 인식하고 살아가려는 몸부림인가. 이 가치를 모르고들 분노와 질주를 반복하는 이들을 향한 애틋한 저항의 신음인가. 그래서 이수미 시인의 시집 『그대 동백』이 적기, 적시에 출간되는 행운을 안게 되었다고 말하고 싶은 것이다.

김춘수 시인은 그의 대표 에세이 『나는 왜 시인인가』에서 시인의 열정과 함께 정체성을 분명히 밝히고 있다. 이수미 시인의 작품 세계와 맞닿아 있어서 함께 간단한 것만을 공유하고자 한다.

"나는 시인이다. 그런데 나는 어떤 차원의 시인인가? 그것을 이제부터 얘기해 보려고 한다. 진보니 역사니, 이데올로기니, 하는 말들을 싫어할 뿐 아니라 관념으로는 무시하기 때문에 나는 시인이다. 왜 나는 시인인가? 존재하는 것의 슬픔을 깊이깊이 느끼고 이해하려고 노력하기 때문에 나는 시인이다. 그중에서도 사람이란 더없이 슬픈 존재다. 사람으로 태어난 슬픔을 아름다움으로 승화시켜야 한다고 깊이깊이 느끼고 생각하기 때문에 나는 시인이다. 그러나 나는 아직도 이 점에 있어 많이 부족하다. 그것을 솔직히 남 앞에 털어놓을 수 있기 때문에 나는 시인이다. 그 상태를 시로 쓰고 있기 때문에 작품(Poem)으로 다듬어 보려고 힘을 다하고 있기 때문에 나는 시인이다"

이수미 시인의 이번 시집을 감상하면서 느끼는바 김춘수 시인이 살아생전 표방하던 시적 목표 의식과 시인됨과 동일한 요소들과 가치관을 소유하고서 시적, 시인적 삶을 추구하고 있다는 인상을 깊게 받았다.

이성복 시인은 『끝나지 않는 대화』에서 "시는 가장 낮은 곳에 머물다"라고 역설한 바 있다. 이어서 "글을 쓴다는 것은 그 원초적인 장면, 그 절대 고독을 기억하고 조명하는 것입니다. 텔레비전이나 영화에서, 시체공시소에 간 형사가 천을 들추고 들여다볼 때 시체는 보여주지 않고 찡그리는 얼굴만 보여 주잖아요. 글쓰기 또한 그처럼 두렵고 고통스러운 대면입니다. 그래서 끊임없이 피하려고만 하는 것이지요. 나는 원초적인 인간입니다. 아무에게도 말할 수 없고, 아무 말도 해줄 수 없으며, 아무 소리도 들리지 않는 순간이 시의 순간입니다"

보르헤스는 『보르헤스, 문학을 말하다』에서 다음과 같이 조언을 아끼지 않고 있다. "우리는 시를 향해 나아가고, 삶을 향해 나아갑니다. 그리고 삶이란, 제가 확신하건대 시로 만들어져 있습니다. 시는 낯설지 않으며, 앞으로 우리가 보겠지만 구석에 숨어 있습니다. 시는 어느 순간에 우리에게 튀어나올 것입니다"

그렇다면, 이수미 시인의 작품 세계는 이미 독자들

일상 깊이 스며들어 가 그들과 함께 진한 호흡을 공유하면서 동고동락(同苦同樂)해 오고 있다고 장담할 수 있다. 비록 해설은 독자들을 위한 시인의 삶과 작품 세계의 이해를 돕고자 의도된 글을 쓰는 또 다른 행위라고 할 수 있겠으나, 이수미 시인의 작품 세계나 시인의 삶은 이 시집을 보면 그렇게 어렵게 이해하려 들지 않아도 가슴 깊이 부드러운 물결이자 시원한 바람으로 스며들어 온다는 것을 인식하게 될 것이다. 그 이유는 이수미 시인은 충분히 소시민적 시 창작의 혼을 지닌 시인이며 동시에 사람들과 자연의 공존을 위하여 공들여 시를 써온 시인이기 때문이다.

이수미 시인의 제3 시집이 독자들의 남은 생애를 지탱해 주는 데 견고한 주춧돌이자 이정표가 되기를 위해서 기도드리며 또한 응원을 드린다.

그대 동백

초판 1쇄 발행 2024. 12. 9.

지은이 이수미
펴낸이 김병호
펴낸곳 주식회사 바른북스

편집진행 이지나
디자인 김민지

등록 2019년 4월 3일 제2019-000040호
주소 서울시 성동구 연무장5길 9-16, 301호 (성수동2가, 블루스톤타워)
대표전화 070-7857-9719 | **경영지원** 02-3409-9719 | **팩스** 070-7610-9820

•바른북스는 여러분의 다양한 아이디어와 원고 투고를 설레는 마음으로 기다리고 있습니다.

이메일 barunbooks21@naver.com | **원고투고** barunbooks21@naver.com
홈페이지 www.barunbooks.com | **공식 블로그** blog.naver.com/barunbooks7
공식 포스트 post.naver.com/barunbooks7 | **페이스북** facebook.com/barunbooks7

ⓒ 이수미, 2024
ISBN 979-11-7263-858-0 03810